AF359219

MATTHIEU DE VAUZELLES

NOTICE

SUR

MATTHIEU DE VAUZELLES

MAGISTRAT ET JURISCONSULTE LYONNAIS

PAR

LUDOVIC DE VAUZELLES

Conseiller à la Cour impériale d'Orléans

LYON

IMPRIMERIE D'AIMÉ VINGTRINIER

RUE BELLE-CORDIÈRE, 14

1870

PRÉFACE

Matthieu de Vauzelles, dont le nom, souvent répété par les annalistes, est comme inséparable de l'histoire de la commune lyonnaise au xvie siècle, fut un de ces hommes, d'une intelligence à la fois élevée et pratique, qui dépensent sans compter leur activité généreuse au service de leurs contemporains. La considération publique l'a entouré de son vivant ; mais ce voile que le temps abaisse sur toutes choses, et qu'il est toujours permis à une main pieuse de soulever, insensiblement a recouvert ce qu'il

y avait d'incorruptible dans cette vieille et pure renom-
mée. Le travail d'érudition consciencieuse et de patiente
restauration auquel nous nous sommes livré, ne peut
manquer de trouver accueil dans une ville que Matthieu
de Vauzelles a quelque temps administrée et, pendant près
d'un demi-siècle, noblement servie !

NOTICE

SUR MATTHIEU DE VAUZELLES

Magistrat et jurisconsulte lyonnais.

Matthieu était le fils aîné d'Etienne de Vauzelles (1),
avocat, qui joua, en 1477, un rôle important dans la lutte
de la commune contre les prétentions séculières de l'autorité ecclésiastique (2). Il naquit à Lyon, dans les dernières années du xve siècle. « Je suis, écrivait-il lui-
même (3), originaire et citoyen de ladite ville, et m'en
puis louer et glorifier, comme fait ce bon jurisconsulte

---

(1) Etienne avait épousé en premières noces une fille de Pierre
Neyron, dont il eut Matthieu, George et Jean, qui tous les trois se
distinguèrent, Matthieu, dans la magistrature, George, dans les armes,
et Jean, dans l'Église, au point que les auteurs contemporains les
appellent *les trois illustres frères.*

(2) Voir, aux archives municipales, les délibérations consulaires
des 23 et 25 novembre 1477. M. F. Rolle, archiviste adjoint de la ville
de Lyon, a bien voulu nous en adresser un extrait.

(3) Dans son *Traicté des Péages*, p. 182.

Ulpian, de ce qu'il estoit de la Phénitie » Il montra de
bonne heure un goût prononcé pour les belles-lettres, et
particulièrement pour la jurisprudence, qu'il étudia sous
François de la Cour le jeune (*Franciscus de Curte junior*, dit-il, *olim præceptor meus*) (4), sans doute à Pavie.
Reçu docteur ès-droits, il fut choisi, dès 1517, par le
chapitre des comtes de Saint-Jean pour juge des terres
de l'église, office qu'il conserva jusqu'à sa mort (5), et
pourvu, le 27 avril de la même année, par François 1er,
de la charge de juge-mage de Lyon (lieutenant du Sé-
néchal) (6), sur la démission de Maurice Scève, son

(4) *Matthæi Vauzellii.... Confutatio*, etc., p. 18 (Voir plus loin). —
Franciscus de Curte junior, plus connu sous le nom de *Franciscus
Curtius junior*, était issu d'une famille noble et ancienne de Milan, que
le malheur des temps avait réduite à une extrême pauvreté. Adopté
par son oncle, *Franciscus Curtius senior*, autre célèbre jurisconsulte
italien, il enseigna le droit à Pavie avec un grand succès, à deux repri-
ses différentes, après avoir été dans l'intervalle juge des appellations à
Mantoue. Il fut ensuite admis aux conseils de François 1er. Fait pri-
sonnier par les impériaux en 1525, il obtint d'aller occuper une
chaire de droit à Padoue, et gagna ainsi de quoi payer sa rançon. Il
mourut d'apoplexie dans cette ville, le 27 juin 1533, laissant des
commentaires sur le Digeste (1533, in-fol.), quelques autres écrits de
jurisprudence et deux fils, qui furent eux-mêmes jurisconsultes. Il
avait professé pendant quarante ans.

(5) En 1517, Antoine Piochet, juge des terres de l'Église, étant
décédé, le chapitre donna son office à Matthieu de Vauzelles (Rég. cap.
vol. 35, fol. 350 ou 336). — En 1525, Matthieu de Vauzelles, juge
des terres de l'église, divertit l'eau de la fontaine devant l'église (Rég.
cap., vol. 37, fol. 112). — En 1563, le 9 juillet, l'état de juge des
terres de l'église, vacant par la mort de Matthieu de Vauzelles, est
baillé à Ambroise Thomas (Rég. cap., vol. 52, fol. 418). Communi-
cation due à l'obligeance de M. le conseiller de Lagrevol.

(6) « Le roy, dit le P. de Saint-Aubin, avait autrefois un juge mage
à Lyon qu'on nommait aussi juge du ressort ; c'étoit pour connoistre

ami (7). C'est sans doute à l'exercice de cette fonction que se rapporte le distique suivant, publié en 1537, par Claude Rousselet, avocat et poète lyonnais :

MATTHÆO VAUXELLO, *judici majori.*

Quid te onerem laudum cumulo, Vauxelle ? Tua ex te

A populo virtus nota frequente satis (8).

Cette popularité, fondée sur un solide mérite et un dévouement sans bornes au bien public, ne fit dans la suite qu'augmenter. La ville de Lyon s'administrait elle-même par douze échevins ou conseillers de ville, dont le mandat durait deux ans (9). Chaque année, à la Saint-Thomas, (21 décembre) six d'entre eux se retiraient, et leurs successeurs étaient solennellement élus par les deux plus

des causes d'appellation de la justice ordinaire à la royale » (*Histoire de la ville de Lyon ancienne et moderne*, Lyon, 1666,, in-f°, p. 150).

(7) V. Samuel Guichenon, *Histoire de la souveraineté de Dombes*, liv. V, t. II, p. 34 de l'édition de M. Guigue. Matthieu de Vauzelles, page 52 de son Traité des péages, rappelle qu'il a été juge-mage de Lyon. La généalogie de la maison de Fenoyl par de Saint-Martin d'Arène (Paris, Langlois, 1673, in-f°) mentionne, page 5, des lettres de provision du 8 août 1517, accordées par Jacques Defenoyl-Turey, courrier et prévost de la cour séculière de Lyon, à Benoist Meillier, et qui sont souscrites par *Monseigneur Vauzelles, juge mage*. Enfin le P. Menestrier, dans une liste des principaux personnages qui florissaient à Lyon en 1526, cite : « Vénérable et egrege personne Me Matthieu de Vauzelles, docteur ès-droits, *juge mage* de Lyon. »

(8) *Claudii Rosseletti, jureconsulti patritiique lugdunensis Epigrammata* (*Lugduni, apud Seb. Gryphium*, 1537, petit in-4°, p. 48).

(9) Leur costume officiel était une robe de satin violet avec les parements de la même couleur et une toque noire. En 1595, les douze échevins furent remplacés par un prévost des marchands et quatre échevins.

anciens conseillers sortants et les maîtres des corps de métiers votant sous leur direction. Il n'est pas besoin de dire quelle était l'importance de ces charges dans une ville jalouse, entre toutes, de conserver ses priviléges, très-florissante, très-peuplée, et parvenue à l'une des périodes les plus brillantes de son histoire. Elles étaient d'autant plus recherchées, qu'un édit de Charles VIII, du mois de décembre 1495 (10), confirmé par ses successeurs, avait attaché la noblesse à leur exercice. Matthieu de Vauzelles fut nommé échevin de Lyon en 1524 (11), et il figure sur les listes consulaires au premier rang, parce que ceux des échevins qui étaient gradués, soit en droit, soit en médecine, avaient la préséance sur ceux qui ne l'étaient pas (12).

(10) Il fut enregistré au parlement de Dauphiné en 1496 et au parlement de Paris en 1544. — « Iceux conseillers présens et advenir, dit cet édit, s'ils n'estoyent nez et extraicts de noble lignée, avons annobly et annoblissons par ces présentes, et du titre et privilége de noblesse eux et leur dicte postérité née et à naistre en loyal mariage décorez et décorons : Voulons et concédons que au temps advenir ils et chacun d'eux avec toute leur dicte postérité et lignée née et à naistre en loyal mariage, soyent réputez et tenuz nobles, et pour tels de tous et en tous faicts et acles receuz et admis, et que des priviléges, franchises et libertez que usent les autres nobles de notre royaume ils jouyssent, usent, et puissent venir à l'estat et ordre de chevalerie en temps et lieu et acquièrent en nos royaume et Dauphiné fiefs, arrière-fiefs, juridictions, seigneuries et nobles tenemens, sans pour ce ne autrement payer à nous ou à nos successeurs aucune finance. » (V. Claude de Rubys, *les Priviléges, franchises et immunitez octroyées par les rois très chrestiens aux consuls, eschevins, manans et habitans de la ville de Lyon et à leur postérité* (Lyon, 1574, in-f.)

(11) V. les listes consulaires, notamment dans Ménestrier, *Éloge historique de la ville de Lyon* (Lyon, Coral, 1669, in-4°, 3e part., p. 49.)

(12) Cl. de Rubys, *Histoire de Lyon*, liv. IV, ch. 1er.

La seconde année de l'exercice de Matthieu de Vauzelles fut marquée par un événement bien funeste pour
la France et qui nécessita, de la part des échevins, un
redoublement de vigilance et d'importantes mesures.
François Ier, en partant pour l'Italie, avait établi à Lyon
son quartier général : la reine-mère, chargée d'adminis-
trer le royaume en son absence, s'était installée à Saint-
Just-sur-Lyon, avec le chancelier Duprat. Le 28 février
1525, vers minuit, deux gentilshommes, venus en grande
hâte de l'armée, apportèrent la nouvelle de l'effroyable
défaite essuyée par les Français devant Pavie, le 24 du
même mois, et de la capture du roi par les Espagnols.
Le souvenir de cette désastreuse journée, après laquelle
François Ier écrivit à sa mère ce mot célèbre : « De toutes choses ne m'est demouré que l'honneur et la vie, qui
est sauve, » fut consigné sur le registre des actes consulaires, à la manière antique, par ce vers latin :

Hæc fuit atra dies nigro scalpenda lapillo.

Une invasion et le démembrement de la France paru-
rent devoir être les conséquences presque immédiates du
triomphe de Charles-Quint. Assemblés de grand matin,
les échevins délibérèrent sur ce qu'il convenait de faire
dans une conjoncture si critique. Tous furent d'avis qu'il
fallait céder au vœu des habitants, dont la terreur était
profonde, c'est-à-dire mettre immédiatement sur pied les
milices bourgeoises, compléter les munitions de guerre
et les provisions de bouche, réparer et fortifier les ouvrages de défense de la ville. Puis, les échevins, ayant à
leur tête Matthieu de Vauzelles (13), se rendirent auprès

(13) P. Clerjon, *Histoire de Lyon* (Lyon, 1831, 6 vol. in-8, tom. IV.
p. 274). — Voir aussi les manuscrits de l'abbé Sudan, cités par M.
Péricaud aîné, dans ses *Notes et documents* sur l'année 1525, et les
registres consulaires à la même date.

de la régente qui, dans son trouble, refusa de les rece-
voir. Mais, quelques jours après, elle les fit mander, et
le chancelier les remercia avec effusion des mesures
qu'ils avaient prises pour mettre la ville à l'abri d'un coup
de main, et, s'il se pouvait, arrêter l'ennemi. Cette alerte,
fort heureusement, n'eut pas de suite ; le travail des for-
tifications n'en fut pas moins continué avec vigueur pendant plusieurs années.

En quittant les fonctions d'échevin, Matthieu de Vauzelles resta l'avocat et le conseil de la ville, et il eut sa
part dans toutes les résolutions importantes qui furent prises de son temps. On le voit, en 1529, dans la sédition po-
pulaire connue sous le nom de *la grande rebeine*, et dont
le prétexte fut l'imposition mise sur quelques denrées par
le consulat, à l'effet de pourvoir à l'achèvement des forti-
fications, rendre cœur par son attitude résolue aux notables et aux principaux magistrats de la ville réunis en
conseil sous la présidence de Pompone de Trivulce, gou-
verneur pour le roi au pays de Lyonnais, et requérir, sans
faiblesse, quoique à regret, les mesures énergiques qui
firent cesser le pillage et rétablirent la tranquillité (14).

(14) « Après quoi (dit le secrétaire de la commune), maître Matthieu de Vauzelles, docteur en droit, avocat de la ville et communauté de Lyon, remontra audit conseil les émotions populaires, les
assemblées illicites, tocsins, pillages, voies de fait, propos outrageants
envers le ciel et les hommes, et autres murmurations que aucuns mauvais garçons de la cité faisaient chaque jour sans craindre la justice
humaine et la vengeance divine. « Nous sommes trop débonnaires, ajou-
« tait-il nous sommes trop débonnaires ! Les malheureux ! que n'avons-
« nous pas fait pour apaiser leur faim, pour le soulagement de leur
« famille : leur âme et leur corps, avons-nous rien négligé ? » Après
ces mots énergiques, tous les notables ranimés chevauchèrent par la
ville, et l'on fit conduire des pièces d'artillerie le long du port Saint-
Vincent sur les craintes que les paysans du plat pays de Savoie ne
vinssent seconder les mutins » (Clerjon, *Hist. de Lyon*, t. **IV**, p. **334**).

Il savait bien, toutefois, que là n'était pas le véritable
remède à de tels maux : il voulait que les magistrats consulaires se préoccupassent sérieusement d'assurer désor-
mais la subsistance du peuple ; et, vingt ans plus tard,
après avoir vu, malgré ses réclamations, la même impré-
voyance occasionner les mêmes malheurs, dans son découragement, et non sans quelque amertume, il écrivait :
« Mais pour néant je cherche les remèdes pour obvier à
la famine : veu que jamais n'en sera faite aucune poursuite....... *Quoniam, quod commune, communiter ne-
gligitur.* » Il faudrait citer toute cette page, qui est fort
belle : elle met dans un jour très-vif le patriotisme éclairé
et la charité ardente de Matthieu (15).

Une nouvelle famine, et sans doute aussi la crainte de
nouveaux troubles, donnèrent lieu, deux ans après, à la
création de l'*Aumône générale*, institution dont le premier objet était de pourvoir à la subsistance des indi-
gents qui, arrivant à Lyon des pays circonvoisins, aug-
mentaient d'autant la misère locale. L'aumône, généreu-
sement votée par les habitants de tous ordres et de tous
états , avait à sa tête huit recteurs, nommés chacun
pour deux ans, à peu près dans la même forme que les
échevins. Matthieu de Vauzelles en fut élu recteur (16) le

(15) *Traicté des péages*, p. 182.

(16) Voir les listes imprimées des recteurs des hôpitaux de Lyon,
notamment, le *Catalogue des noms de Messieurs les recteurs et admi-
nistrateurs de l'hôpital général de la Charité et aumône générale de
Lyon, depuis son institution* (Lyon, 1742, in-4°). — Clerjon dit que
François 1ᵉʳ étant venu à Lyon en 1536, admit plusieurs fois les magistrats consulaires à ses entretiens et à ses réceptions les plus inti-
mes. « Aymar de Beaujeu, ajoute-t-il, maître Poyet, Matthieu de
Vauzelles, faisaient les frais de la conversation, » qui dans une cir-
constance rapportée par l'historien, roula sur la nouvelle institution

15 janvier 1535 (17), et depuis, les hôpitaux de Lyon et les pauvres trouvèrent en lui, non seulement un bienfaiteur, mais un défenseur éclairé, infatigable et toujours écouté, de leurs intérêts (18).

Il siégeait, depuis quelque temps déjà, au parlement de Dombes, en qualité de conseiller ou d'assesseur ; car des lettres de chancellerie, du 2 octobre 1535, le signalent comme ayant opiné dans un arrêt rendu le 23 juin 1534 par cette compagnie, en faveur de Jean Godon, seigneur de Gravins (19).

charitable et sur les obstacles que les misères du temps et les bruits de guerre apportaient à son accroissement *(Hist. de Lyon*, t. IV, p. 378).

(17) Il faut lire 1536, d'après la manière actuelle de compter. Toutes les dates indiquées dans cette notice doivent ainsi être avancées d'une année, quand l'événement auquel elles s'appliquent s'est accompli entre le 1er janvier et le jour de Pâques, qui était alors le point de départ du calendrier.

(18) Outre la consultation savante qu'il publia pour les pauvres, comme on le verra plus loin, il plaide très-chaleureusement la cause des hôpitaux au chapitre cinquième de son Traité des péages, et rappelle, page 15!, deux arrêts du parlement de Dombes obtenus par lui en leur faveur. — « Le 22 août 1520, dit M. Péricaud, M. Matthieu de Vauzelles, juge mage de Lyon, tant en son nom qu'en celui de son frère, Jean de Vauzelles, prieur de Montrottier, expose au consulat qu'il a fourni et donné, tant pour acheter la Grange-Blanche en faveur de l'hôpital du pont du Rhône, que pour les bâtiments et les lots, jusqu'à 1700 l. tourn. Aujourd'hui, il remet de plus 400 l. pour racheter une pension due sur cette grange à Saint-Just, à Saint-Paul, etc., faisant en tout 2100 l. t. Il demande que les conseillers s'engagent à faire chaque année, sur le revenu de ladite grange, un repas pour les jours qu'il nommera. Il veut que cette grange ne soit jamais aliénée ni appensionnée ; autrement il veut qu'elle soit substituée à MM. de Saint Jean, etc. » *(Notes et documents pour servir à l'histoire de Lyon*, pp. 40 et 41).

(19) Voir le manuscrit intitulé *Mémoire des souverains et du parlement de Dombes*, par Chuinague, dernier greffier en chef du parlement,

Le pays de Dombes, situé sur la rive gauche de la Saône, et qui fait aujourd'hui partie du département de l'Ain, avait été, au ixe siècle, compris dans le royaume d'Arles, qui dépendait de la couronne d'Allemagne. Ce n'est que quand les ducs de Bourbon en furent deve-nus souverains, qu'il prit le nom de principauté de Dom-bes. En droit, il relevait de l'empire, mais, en fait, les barons possesseurs de terres y exerçaient la souverai-neté dans toute sa plénitude. Le pays de Dombes, à ce titre de terre souveraine, avait ses lois, ses juridictions particulières, qui ressortissaient au Conseil du duc de Bourbon à Moulins, sans que les parlements ni les offi-ciers royaux eussent à en connaître. En 1501, Charles de Bourbon, duc de Montpensier, connétable de France, devint par son mariage avec Suzanne de Bourbon sa cou-sine, possesseur de la principauté de Dombes. Elle lui fut confisquée, en même temps que ses autres biens, après qu'il se fut déclaré pour Charles-Quint ; mais à la diffé-rence des terres du royaume, la principauté de Dombes ne fit pas retour à la couronne, dont elle ne relevait pas féodalement. François Ier s'en constitua souverain au même titre que l'était le prince dépossédé. Les édits qu'il eut à donner pour les besoins de la principauté por-tent en protocole : *François, par la grâce de Dieu, roi de France, souverain de Dombes* ; et comme le conseil ducal de Moulins avait été supprimé par le fait de la réu-nion à la couronne du duché de Bourbon, le roi dut créer une autre juridiction supérieure pour connaître, en der-nier ressort, des causes jugées au premier degré par les tribunaux de Dombes. C'est alors que, par un édit de

p. 19. Ce manuscrit appartient aujourd'hui à M. P. Mantellier, pré-sident à la cour d'Orléans, membre correspondant de l'Institut.

1523, il constitua dans la ville de Lyon, sous le nom de *parlement de Dombes*, un conseil dont les membres furent choisis parmi ses officiers et des hommes de loi, et il leur donna, quant aux appels des jugements de Dombes, les mêmes pouvoirs qu'avait eus précédemment le Conseil ducal de Moulins. Le parlement de Dombes siégea à Lyon jusqu'en 1696, époque où le duc du Maine, devenu prince souverain des Dombes, le transféra à Trévoux.

Matthieu de Vauzelles fut promu le 10 mars 1535 (20), à la charge d'avocat du roi en la sénéchaussée de Lyon, depuis présidial (21), et, en même temps, à celle d'avocat général au parlement de Dombes (22), en remplacement

(20) Note manuscrite de d'Hozier, conservée aux *Archives des familles*, à Paris.

(21) C'est en 1551, par un édit de Henri II, que la sénéchaussée fut érigée en présidial. Matthieu de Vauzelles était d'avis que la ville, dont le ressort comprenait le Forez, le Lyonnais, le Beaujolais et le Mâconnais, sollicitât en outre de l'autorité royale la création d'un parlement. — L'avocat du roi, maître Matthieu de Vauzelles, dit Clerjon, en annonçant cet édit au conseil de ville, en développa les avantages, ajoutant « qu'il seroit bon de poursuivre que l'on eût à Lyon les appels du Lyonnois, Forez et Beaujolois en dernier ressort ; de plus que iceux conseillers pussent connaître des gens qui ont *committimus*, de sorte que si un gentilhomme, quel qu'il soit, dudit pays, devoit à un marchand de Lyon, il seroit tenu de répondre en cette ville. » (T. V, p. 58). Cette motion, qu'appuyèrent vivement Nicolas de Chaponay, François Sala, l'avocat François Grollier et autres personnages, n'obtint pas l'assentiment du consulat.

(22) Voir les registres du parlement, conservés aux archives de la Côte-d'Or, et les ouvrages déjà cités de Guichenon, Le Laboureur, etc. — Le manuscrit de Chuinague rapporte que Matthieu fut chargé, en vertu d'ordres du roi du 4 juillet 1536, de saisir sur M. de Gorrevod les fiefs de Chalamont et de Montmerle. Le chancelier, en lui transmettant ces ordres, le qualifie d'avocat du roi au parlement et sénéchaussée de Lyon. — Dans un titre appartenant au département

de Claude de Bellièvre (23), Lyonnais, qui s'était démis en
sa faveur de ses fonctions pour aller occuper au parlement de Grenoble la charge de procureur général, puis
celle de premier président. On trouve le nom de Matthieu
dans les lettres patentes de François II, en date du 7
mars 1559, qui confirment les membres du parlement
dans leurs offices, droits et priviléges (24), et ces lettres
le qualifient de premier avocat général (25). Il fut, la
même année, remplacé par Jean Rivet.

du Rhône (Série B, n° 3), et intitulé *Monstre* (revue) *du ban et
arrière-ban de Lyonnais, 1545*, on lit : « Monsieur de Vauzelles, advocat pour le roy en la sénéchaucée, fournira un homme. » — Matthieu, le 23 décembre 1558, requit en la même qualité l'enregistre-
ment de lettres de provision de la charge de lieutenant-général accordées à messire Antoine d'Albon, doyen de l'Isle-Barbe, abbé de Savi-
gny. C'est ce que constate un jugement de la sénéchaussée de Lyon,
dont le texte est rapporté par Le Laboureur, au tome II, page 9, de
ses *Mazures*.

(23) Père du célèbre Pompone de Bellièvre, qui fut chancelier
de France.

(24) Ces charges, comme celles des autres parlements, conféraient
la noblesse (Guichenon, tom. II, pp. 2 et 3 de l'édition de M. Guigue.
— Voir aussi le recueil des droits et priviléges du parlement de Dombes, imprimé à Trévoux en 1740). — Les membres du parlement de
Dombes, quoiqu'ils eussent le droit de porter la robe rouge, comme
ceux des autres parlements, ne l'adoptèrent qu'à partir de 1614, sur
un ordre de la princesse Marie de Montpensier. Le conseiller Aubret
dit qu'ils figurèrent, en 1548, dans le corps de la justice de Lyon,
réuni pour fêter l'entrée solennelle de Henri II et de Catherine de
Médicis, « tous vêtus de grandes robes de satin, damas et taffetas,
montés sur des mules harnachées de velours, avec de grandes hous-
ses de fin drap noir. »

(25) Manuscrit de Chuinague, pp. 16 et 17. A cette même date,
Pierre Bullioud était procureur général et Jean Girinet, second avocat général. Voir aussi les listes publiées par M. d'Assier de Valenches, dans son *Mémorial de Dombes*. (Lyon, L. Perrin, 1854, gr. in-8°).

De tous les services qu'il rendit pendant l'exercice longtemps continué de ces fonctions multiples, aucun peut-être ne recommande davantage son souvenir, que le concours actif et désintéressé qu'il prêta, pendant les vingt-cinq dernières années de sa vie, à l'établissement, à Lyon, des manufactures de soie, et les efforts persévérants qu'il fit pour aplanir tous les obstacles qui s'opposaient à leur accroissement (26).

Dès 1466, des lettres patentes de Louis XI avaient encouragé, en France, la fabrication des étoffes d'or, d'argent et de soie ; mais, après divers essais, cette industrie, encore peu développée, même à Tours, et tous les jours plus florissante à Gènes, à Lucques, à Milan, à Florence et à Naples, était presque nulle à Lyon, qui ne fut longtemps, à vrai dire, que l'entrepôt des marchandises fabriquées en Italie. Les étoffes de soie étaient cependant fort recherchées, et leur acquisition coûtait chaque année à la France des sommes énormes. C'est alors, vers 1535, qu'Estienne Turquet, trafiquant piémontais, auquel s'associa bientôt Barthélemy Naris, et dont l'exemple trouva plus d'un imitateur, entreprit de faire venir à Lyon des ouvriers de Gènes et autres lieux, afin d'y *lever* des métiers de velours et draps de soie. Matthieu de Vauzelles, appelé à s'expliquer (27), comme conseil de la

(26) Voir à ce sujet Clerjon, *Histoire de Lyon*, tom. IV, p. 390 et suiv. Voir surtout les extraits des délibérations consulaires insérés par M. Monfalcon aux pièces justificatives de son importante histoire (2ᵉ édition, 3 vol. in 4º, tom. II, p. 305 et suiv.) — M. Vital de Valous a donné une très-remarquable et très-sagace analyse des mêmes documents dans sa notice historique sur *Etienne Turquet et les origines de la fabrique lyonnaise* (Lyon, Mougin-Rusand, 1868, in-8ᵉ).

(27) On lit au procès-verbal de la séance du 25 août 1536 : « Mes- « sire Matthieu de Vauzelles a rapporté comme Estienne Turquet et

ville, sur les requêtes qui furent présentées à ce sujet, devint le défenseur et l'organe de la nouvelle industrie, et ses avis furent constamment ratifiés par les décisions du consulat. De 1536 à 1554, son nom se retrouve à chaque page des actes consulaires, toutes les fois qu'il s'agit d'obtenir, pour les fabricants de soieries ou leurs ouvriers, pour Rollet Viard (28) comme pour Turquet et Naris, des immunités, dégrèvements, priviléges, concessions de terrain, avances d'argent, sauf-conduits, etc. Comprenant toute la puissance de l'association, il conseilla à Turquet et Naris, dont les ressources particulières devenaient insuffisantes, de former une compagnie industrielle, en faisant appel aux capitaux ; idée féconde dont il était réservé à notre temps d'étendre et de généraliser l'application (29). Enfin, les manufactures de soie ayant pris, en quelques années, tant d'extension qu'elles faisaient vivre à Lyon plus de douze mille personnes, de graves abus s'étant introduits ou menaçant de s'introduire, un règlement devint nécessaire ; et les échevins, assemblés en la maison de ville, en arrêtèrent les bases,

« aultres ses consorts ont moyen de faire venir des ouvriers pour « lever des mestiers en ceste ville pour y faire les draps de soye, « pourveu que l'on puisse obtenir permission du roy et sauf conduict « pour lesdits manœuvres et ouvriers par autant qu'ils viendront de « Gennes et autres pays estrangers, en leur donnant les affranchisse- « ments et exemptions comme ledict seigneur a fait à ceulx de Tours, « dont il a baillé un double ; surquoy a esté ordonné faire doubler « lesdicts privilleges et une requeste qu'a esté minutée pour après « les présenter au conseil privé du roy estant en ceste ville. » (Arch. municip. BB. 55.)

(28) Arch. municip. BB. 58. Séances des 28 octobre, 9 et 11 novembre 1540.

(29) Il prit lui-même un intérêt dans une compagnie semblable (Arch. municip. BB. 61, séance du 25 août 1545.)

de concert avec les maîtres et les ouvriers notables. Ce règlement, rédigé par Matthieu de Vauzelles et dû en grande partie à son initiative, passa tout entier dans l'ordonnance octroyée par Henri II le 4 décembre 1554, et fut mis en vigueur quelques années après à Lyon et dans tout le pays de Lyonnais.

En 1550, Matthieu de Vauzelles, quoique affaibli par une maladie grave et *incongnue,* dont il avait souffert pendant près de trois ans, publia un excellent traité sur les Péages (30), *plein,* dit la Croix-du-Maine, *de fort belles et doctes recherches* (31), et qui mérite encore d'être consulté au point de vue historique (32). Voici dans quelles circonstances et à quelle occasion cet ouvrage fut composé.

Les seigneurs, propriétaires riverains du Rhône, de la Saône et de l'Isère, percevaient des péages considérables

(30) TRAICTÉ DES PÉAGES, *composé par M. Matthieu de Vauzelles. docteur es droits et advocat du Roy au parlement de Dombes et seneschaucée de Lyon* (A Lyon, par Jean de Tournes, M. D. XXXXX, 1 vol. in-4°). Un exemplaire de cet ouvrage a été conservé dans la famille de Vauzelles. La bibliothèque de l'Arsenal à Paris et celle de la Cour de cassation, celle de Lyon, celle d'Orléans, possèdent également des exemplaires du *Traicté des Péages.*

(31) Encore Matthieu croit-il devoir demander excuse au lecteur de ce que la débilitation de ses bras, suite de sa longue maladie, lui a ôté le moyen de *revolver* ses livres, « lesquelz, à mon grand regret, « dit-il, sont demeurez pleins de poulsière, comme ceux des mauvais estudians. »

(32) Voir la savante *Histoire de la communauté des marchands fréquentant la rivière de Loire et fleuves descendant en icelle,* par M. le président Mantellier (Orléans, Jacob, 1867, in-8°), ouvrage qui a obtenu, au mois de janvier 1870, dans la circonscription de l'Académie de Paris, le prix institué par le décret du 30 mars 1869. Le nom de Matthieu de Vauzelles est souvent cité au chapitre IV, qui contient un exposé méthodique, complet et lumineux de tout ce qui concerne le droit de péage.

sur les marchandises que l'on transportait par bateau
sur ces rivières. Ce droit, légitimement exercé par quel-
ques-uns, avait été usurpé par le plus grand nombre, et
donnait lieu, chaque jour, à de criants abus. Non seulement il mettait obstacle à la prompte circulation des marchandises, mais souvent la perception absorbait tout le
bénéfice des marchands, si même elle n'excédait la va-
leur réelle des objets transportés. Pour remédier à cet
état de choses, Henri II, en 1547, abolit tous les péages
créés depuis 100 ans sur les rivières sus nommées et dé-
cida que tous ceux qui prétendraient à un droit de péage
plus ancien, ne pourraient dorénavant l'exercer qu'après
avoir soumis leurs titres à la vérification du parlement
de Dombes. La promulgation de cette ordonnance sou-
leva, comme on devait s'y attendre, de vives réclamations. Les péagers, aussi puissants que nombreux, refusè-
rent d'obtempérer à l'injonction royale, enhardis par
l'exemple des seigneurs riverains de la Loire, de la Seine
et de la Somme, qui n'avaient point tenu compte d'un
édit semblable, rendu, l'année précédente, par François Ier. D'un autre côté, les parlements hésitaient dans
une matière que la cupidité s'était efforcée d'obscurcir ;
les intéressés se laissaient aller au découragement ; enfin
le mal semblait irrémédiable. « Et combien, dit Matthieu
« de Vauzelles, que j'eusse très-bon vouloir et intention de
« m'acquitter pour le devoir de mon office d'advocat pour
« le roy audit parlement de Dombes pour la poursuite de
« ladite réformation, comme chose fort salutaire et prou-
« fitable au bien publiq : toutesfois, pource que j'ay
« congnu que les péageurs des autres parlements n'ont
« voulu obeïr, ny moins lesdits parlements bailler let-
« tres de placet ; et que ceux qui avoient fait l'entre-
« prinse et poursuite, tant les marchands que les voitu-

« riers, se sont totalement retirez et refroidis en sorte
« que je n'y voy grand espoir : à ceste cause j'avais
« tout laissé en désespoir. Mais depuis, pour m'acquitter
« et montrer qu'il n'ha tenu à moy, d'un bon vouloir me
« suis délibéré (durant le temps de ces vacations de ven-
« danges) estant à Millery (33), de parfaire ce petit
« traité des péages en langue vulgaire, à ce que chacun
« entende ce qu'il doit payer, et de quelles marchan-
« dises, et pour retirer les péageurs à ce qu'ilz ne fassent
« abus et exactions indues: protestant que je n'entens
« aucunement parler ne toucher aux péages du roy,
« mais seulement des abus que font les fermiers du roy et
« autres particuliers propriétaires, et leurs fermiers le
« plus sans tiltres, ou contre la forme de leurs tiltres et
« anciens tableaux et cartulaires, et contre le vouloir et
« intention du roy assez déclarée par ladite commission
« et par plusieurs édits de ses prédécesseurs deüement
« publiez par devant Messieurs du grand Conseil et en sa
« vénérable court de parlement à Paris (34). »

(33) Bourg, situé à seize kilomètres au sud de Lyon, renommé pour
ses vins. Matthieu y avait une maison de campagne. Voici ce qu'on
lit dans l'inventaire sommaire des anciennes *nommées* publié par
M. Rolle. « Matthieu de Vauzelles, docteur ès lois, possède, à Lyon,
an lieu de Fourvière, trois maisons, une mure (maisonnette), un co-
lombier et une vigne ; à Millery, une maison, un verger et des vignes ;
au bourg de l'Isle-Barbe, une maison, un jardin, vigne et verchière
(verger) ; au lieu de l'Anse, et conjointement avec la mère de Maurice
Scève (sa belle-mère), le domaine de Jonchets (ou Jonchay). L'édict
de Vauzelles fait apparoir comme, de ladicte maison, il est registré au
ban et rière-ban de Lyonnois, comme place noble. » Matthieu devint,
dans la suite, seul propriétaire du Jonchay, qui était, dit une autre
nommée, « une maison cloze en façon d'ung chasteau, avec grange
dedans près la commune. » C'est pour cela que ses descendants se
sont appelés *seigneurs du Jonchay*.

(34) *Prologue*, pp. 2 et 3.

L'œuvre de Matthieu est divisée en six parties, qui traitent, la première, de l'origine des péages; la deuxième, de l'autorité à laquelle il appartient de créér des péages ; la troisième, de la possession immémoriale ; la quatrième, des abus ; la cinquième, des privilégiés ou de ceux qui sont dispensés de payer péage ; la sixième, du temps où il ne se doit point de péages.

Pour bien apprécier l'importance et l'opportunité de ce travail, il faut se rappeler qu'en l'absence de routes praticables et sûres, presque tous les transports du commerce se faisaient alors par les grands cours d'eau navigables, lesquels méritaient pleinement la qualification que leur donne Pascal, de *chemins qui marchent*, et qu'il s'agissait de réaliser, au point de vue de la perception des impôts, d'où résulte le prix définitif des objets de consommation, une réforme économique considérable.

Matthieu de Vauzelles comprit tout ce que cette publication allait déchaîner contre lui d'inimitiés redoutables : (35) aussi, dans la très-remarquable préface de son

(35) Il ne flatte personne dans ce traité, pas même le roi, et après avoir posé en principe qu'il n'appartient qu'au souverain, suivant la règle écrite dans les lois romaines, de créer des péages, parce que lui seul peut remplir dans toute l'étendue du royaume l'obligation implicitement imposée au péager, non-seulement de tenir les ports et passages en bon état, mais encore de donner protection au marchand et de garantir de tous risques la marchandise, il indique avec non moins de netteté dans quelles limites doit se renfermer la prérogative royale. Il admet que le roi puisse dans certains cas d'urgente nécessité, ou même pour récompenser d'éclatants services, déléguer à l'un de ses officiers le droit de péage : « Mais si le roy, dit-il, pour complaire à « quelque gros seigneur, dame, mignon ou flatteur de court, bailloit « privilége de lever nouveau péage, je dy, encores qu'il fust dit « pour récompense, cela n'y sert de rien. Car il ne se fault arrester à telles paroles, si les services ne sont vérifiez et correspondans. » (Troisième partie, p. 38).

livre, en date du 12 décembre 1549, déclare-t-il placer
sous la protection immédiate de Dieu, « *qui est vérité
luy mesmes, et qui tousjours à la fin fait vaincre toutes
choses par vérité*, » un travail dont il n'attendait aucun
autre prix que le témoignage de sa conscience.

C'est à cette occasion que Maurice Scève lui adressa les
vers suivants :

MAURICE SCAEVE

en grâce de si charitable et vertueuse

œuvre de l'autheur.

> Qui pour la fame ou l'honneur entreprend,
> Entre Mortelz c'est chose autant louable :
> Et qui labeure à son besoing, il prend
> Part de la gloire à luy seul proufitable.
>   Mais par sus tous est saintement louable,
> Et tel tousjours j'estimeray celuy
> Qui sans espoir de loyer ou d'appuy,
> Fors de vous, Loix saintes et éternelles,
> Travaille au bien et publiq et d'autruy,
> (Comme on peult voir) à l'ombre de voz esles.

Le Traité des péages est suivi :

1° De lettres de Henri II au parlement de Dombes,
pour la réformation des péages ;

2° De l'arrêt du parlement de Paris, de juin 1549, sur
le même sujet ;

3° D'une bulle du pape Sixte IV, du mois de juin 1486,
contenant plénière rémission à tous les bienfaiteurs de
l'Hôtel-Dieu de Lyon.

Cet ouvrage de Matthieu de Vauzelles, et un mémoire
composé par lui en latin (36) dans un procès qui intéressait

(36) Il est conservé à la bibliothèque de Lyon, dans le recueil
catalogué sous la lettre U, n° 21097. Je l'ai fait réimprimer à vingt
exemplaires, pour en empêcher la destruction, en y joignant un *fac-
simile* de la signature de Matthieu de Vauzelles (Orléans, août 1866,
brochure in-4°).

son frère, le prieur de Montrottier, sont les seuls de ses écrits que le temps ait respectés. Le mémoire, qui est lui-même tout un traité (37), est intitulé : *Matthœi Vauzellii, advocati regii Lugduni, in consilium solenne magnifici ac celeberrimi jur. utr. doctoris d. Scipionis de Trigona, civitatis Placiœ, Siciliœ ultra Farum regni, in causa ardua, quotidiana et perquam difficili ultimœ voluntatis, Confutatio* (Lugduni, apud Joan. Tornæsium, M. D. LII). Il se termine par ces mots : *Sic explicantur leges citra Farum*, « Voilà comment s'interprètent les lois en deçà de Faro, » qui contiennent une épigramme à l'adresse de l'avocat de la partie adverse, l'illustre et magnifique Scipion de Trigona, qui se disait originaire de Pace, en Sicile, au delà du cap Faro.

Matthieu de Vauzelles est encore l'auteur, si l'on en

(37) En quelques mots, voici quel était l'objet du procès. Pierre Peyron, notaire, a institué héritières de ses biens, chacune pour moitié, ses deux filles, Jeanne et Marguerite. Si l'une d'elles meurt avant l'autre sans laisser d'enfants, sa part sera dévolue à la survivante. Si les deux sœurs décèdent sans postérité, il leur substitue les enfants de Jean Peyron, son frère. — Après la mort du testateur, arrivée l'an 1500, Jeanne et Marguerite se marient : Jeanne a des enfants, et meurt : Marguerite, longtemps après, décède à son tour, mais sans laisser de postérité, et par testament elle institue Jean de Vauzelles, prieur commendataire de Montrottier, son légataire universel, quoique étranger, et malgré l'existence de Pierre Peyron, fils de feu Jean Peyron, frère du testateur. — Qui recueillera la succession de Marguerite? Les enfants de Jeanne, Pierre Peyron, neveu du testateur, ou Jean de Vauzelles institué légataire universel? — Matthieu fait valoir les droits de celui-ci ; le célèbre Dumoulin et trois autres avocats consultants prennent fait et cause pour Pierre Peyron. Peut-être les juges, pour les partager, ont-ils attribué l'héritage aux enfants de Jeanne ; mais leur décision a jusqu'ici échappé à nos recherches.— Voir la consultation latine de Dumoulin, dans la *Bibliothèque des coutumes* par Berroyer et de Laurière (Paris, 1699, in-4°, p. 268).

croit ses biographes (38), d'un commentaire sur les ordonnances de Henri II relatives aux secondes noces, et d'une consultation savante, comprenant sept questions, sur les pauvres de l'hôpital de Lyon. Claude Le Laboureur ajoute que ses fonctions d'avocat général au parlement de Dombes lui fournirent *l'occasion de compiler et de rédiger en meilleur ordre les coustumes, loix et ordonnances de ce petit Estat, auparavant confuses et informes* (39).

Matthieu vécut, ainsi que ses frères (40), dans le commerce et l'intimité des hommes les plus distingués de son temps et de son pays (41). Il suffit de citer les trois Scève, le poète Clément Marot, Nicolas Bourbon de Vandeuvre, dit Bourbon l'ancien (42), précepteur de Jeanne

(38) Du Verdier, Bullioud, Ménestrier, Pernetti.

(39) Ajoutons ici, pour être complet, ce qu'on lit au tome IV des *Mémoires* du conseiller Aubret, *pour servir à l'histoire de Dombes :* « M. de Vauzelles, avocat du roi au parlement, écrivit environ ce temps ci sur un droit de main-morte contre le seigneur de Chavagnieu, qui prétendait que le mot de taillable emportait la main-morte. Le fragment des écritures que j'en ai retrouvé étant assez singulier, je le mettrai dans les prueves de ces mémoires avec quelques observations sur cette question. » — Il ne paraît pas que les preuves des mémoires annoncées par Aubret aient jamais été réunies par lui, ou du moins elles n'ont pas été conservées.

(40) Il résulte de plusieurs documents que leur maison était située dans le quartier Saint-George, sur la rive droite de la Saône, entre Saint-Barthélemy et Saint-Just.

(41) Il participa le 21 juillet 1558. *avec les plus savants et expérimentés gens de lettres et de savoir* de Lyon, à la nomination de Barthélemy Aneau comme principal du collége de la Trinité. (V. la séance consulaire à cette date).

(42) Voici des vers assez piquants qui lui sont adressés par Bourbon, au sujet d'un moine hypocrite :

In quendam Ψευδομόναχον,
Ad Matthæum Vauxellum, Lugdun.
Nuper, ut ingenio studiorum mole gravato,
Consulerem, quando resque locusque dabant ;

d'Albret, le lieutenant général du roi Jean du Peyrat, savant jurisconsulte et esprit très-cultivé, l'antiquaire Guillaume du Choul et le poète latin Jean Voulté (43). Il

> Visebam sacras, illuni nocte, puellas,
>   Quas mihi non turpis conciliaret amor :
> Nam mecum puero illae hybernis noctibus esse
>   Gaudebant, castos et memorare jocos.
> Noster divinis de rebus sermo fluebat,
>   De Christo, precibus, relligione, fide.
> At monachus quidam, non tali nomine dignus,
>   Infestat nunc me, virgineamque domum :
> Dives, et egregie linguax, et fallere doctus,
>   Et bene curata compositaque cute.
> Is mihi, si redeam, colaphos et flagra minatur,
>   Deprendi metuens seque suumque scelus;
> Quin Evangelion Christi negat esse legendum
>   Virginibus : monachus sic meus ille sapit.
> Et nunc cum teneris cantat, luditque puellis ;
>   Cætera non dicam : Musa pudica mea est.
>
>   Nicolai Borbonii Vandoperani Lingonensis
>   *Nugarum libri octo* (Apud Seb. Gryphium,
>   Lugduni, 1538, in-8, lib. IV, carmen XII, p. 217).

(43) Voulté a fait l'éloge des trois frères de Vauzelles dans ce petit hendécasyllabe, qui est rapporté par Colonia, au tome II, p. 575, de son *Histoire littéraire de Lyon* :

> *Ad tres Vauzellios fratres.*
>
> Tres fratres celeberrimi optimorum ;
> Tres vita, et genio, et pares amore ;
> Quibus una domus tribus, fidesque
> Una est, una eadem tribus voluntas :
> Vos sic vivite semper, et valete,
> Humanis pariter Diisque grati.
>
>   Joannis Vulteii, Remensis, *Epigrammatum libri IV*,
>   (Lugduni, sub scuto basiliensi, apud Michaelem
>   Parmanterium, 1537, petit in-12, p. 258).

Gilbert Ducher, dit Vulton, a loué également Matthieu, Jean et George de Vauzelles, dans la pièce suivante, adressée à Maurice Scève et signalée par Guichenon :

> *Ad Mauritium Scævam.*
>
> Sæpius in justos tentavi effundere versus
>   Vauselianorum stemma, decusque trium.
> Conatum ecce meum, sed non sine scommate, risit
>   Ipsa sui princeps Calliopea chori.

faisait partie en 1542, avec sa femme Claudine Scève et beaucoup d'autres célèbres personnages des deux sexes, si l'on en croit Poullin de Lumina (44), de l'*Académie de Fourvière*, dont les membres s'assemblaient ordinairement dans une maison située au-dessus de l'église de Fourvière, sur l'emplacement de ruines romaines, et qui s'appela *l'Angélique*, quand Nicolas de Lange en eut fait l'acquisition. Il paraît même que Matthieu de Vauzelles cherchait parfois dans la composition poétique une distraction à ses graves travaux. — « Si vous compreniez notre langue comme je comprends la vôtre, écrivait à l'Aretin le prieur de Montrottier, je vous enverrais quelques rimes de mon frère à la louange de sa Délie (45), accompagnées d'emblèmes encore plus ingénieux et plus piquants que ceux d'Alciat, et qui, à mon sens, ne le cèdent en rien pour l'élégance, l'invention et le style, à la

> Scilicet hic certe Dea, rerum præscia, vidit
> Esse meis impar viribus illud onus.
> Illorum siquidem tentans comprendere laudes,
> Et numeris omnes enumerare suis :
> Littoris Aegæi metiri tentet arenas,
> Aut noctu in cœlo sidera quanta micent.
> At ne, Scæva, tamen nihil illis esse tributum,
> Arguat in nostro carmine posteritas :
> Matthæi certe regitur respublica ductu ;
> Curat Joannes sacra, vir ille sacer ;
> Christi vero fidem ferro, atque Georgius armis
> Defendit, Rhodiæ nobilitatis eques.
> Acceditque trium fratrum concordia : quantam,
> Ut longa, ut lata est, Gallia nullam habeat.

> Gilberti Ducherii Vultonis, Aquapersani, *Epi-grammaton libri duo* (Apud Seb. Gryphium, Lugduni, 1538, pet. in-8; lib. II, p. 98.

(44) *Abrégé chronologique de l'histoire de Lyon* (Lyon, 1767, in-4°, p. 187).

(45) Maurice Scève avait publié, en 1544. un recueil poétique intitulé : *Délie, object de plus haulte vertu.*

plupart de vos productions en ce genre modernes ou anciennes (46). »

La considération dont jouit à ces divers titres Matthieu de Vauzelles et l'importance des services rendus par lui, sont attestées par la multiplicité même des documents, soit imprimés, soit inédits, qui le concernent, et que nous avons mis en œuvre pour raconter sa vie. Bullioud et Pernetti disent que Papyre Masson l'a célébré en prose et en vers ; le même Bullioud l'appelle *Vir egregie doctus atque pius,* et récemment la ville de Lyon, pour honorer sa mémoire, a donné son nom à l'une des rues où s'exerce l'industrie dont il a par son initiative et son généreux appui favorisé le développement (47.)

Il mourut en 1562 (48), et fut inhumé à l'hôpital de Lyon, dans la chapelle de la Résurrection, qu'il avait fait bâtir (49). Par une disposition testamentaire en date

(46) *Lettere scritte al signor Pietro Aretino da molti signori, communità, donne di valore, poeti et altri excellentissimi spiriti* (Venetia, Francesc. Marcolini, 1551, 2 vol. in-8°, tom. II, p. 417 et suiv.) La lettre d'où nous avons extrait et traduit ce passage est écrite en italien et datée de Lyon, 4 mars 1551.

(47) La rue de Vauzelles est située dans le premier arrondissement municipal, quartier du Mont-Sauvage. Elle tient au boulevard de l'Empereur, sur lequel elle débouche presque en face de la mairie de la Croix-Rousse. C'est un quartier où l'on travaille la soie.

(48) Pierre Bullioud, tome 1er, p. 71 du manuscrit de la bibliothèque de Lyon ; Pernetti et le *Nouveau dictionnaire,* par Chaudon et Delandine (Lyon, 1804); Péricaud aîné, *Notes et documents,* 2e partie, 1560-1574, p. 35.

(49) L'église du grand Hôtel-Dieu de Lyon, bâtie en 1637, sur l'emplacement de la chapelle de la Résurrection devenue insuffisante et qui menaçait ruine, fut dépouillée sous la Révolution des sculptures, peintures et objets précieux qui la décoraient. Elle vient d'être magnifiquement restaurée par les soins de l'Administration des hospices. Des huit chapelles qui en forment les côtés, les **six** qui

de 1560, il avait substitué à cet hôpital tous ses immeubles (50). Marié en premières noces à Claudine Scève, dont il n'eut point d'enfants, il avait épousé, le 24 octobre 1551, damoiselle Jeanne Fournier, fille de noble Pierre Fournier (51), seigneur de la Val, d'une bonne et ancienne famille de Lyon, et de damoiselle Gabrielle Guichard. De ce second mariage, il eut deux fils, lesquels

font immédiatement suite au chœur furent concédées à autant de familles lyonnaises qui s'étaient chargées de leur érection. La deuxième chapelle à droite, en sortant du chœur, fondée sans doute sur le lieu même de la sépulture de Matthieu de Vauzelles, était destinée à sa famille : elle fut cédée à la famille Gayot. Mais la suivante, dite *des Martyrs*, fut attribuée à la famille de Vauzelles et revêtue de son écusson : *D'azur, à un vol et demi d'argent, au chef d'or.* Cet écusson et les cinq autres qui sont peints aux clés dorées des arcs des chapelles, surmontés de casques de front et grillés, et ornés de lambrequins flottants et capricieusement contournés, avaient été grattés à la Révolution : ils viennent d'être rétablis dans l'ancien état, et forment une décoration de l'effet le plus heureux et le plus riche. On y a ajouté les deux écussons qui ornent les chapelles à droite et à gauche du buffet d'orgue, près de la porte d'entrée. — Voir l'intéressante notice de M. Emile Perret, architecte, intitulée : *Recherches historiques sur l'église du grand Hôtel-Dieu de Lyon, depuis 1637 jusqu'en 1859* (Lyon, Vingtrinier, 1859, br. in-8").

(50) La liste récemment dressée par l'Administration des Hospices de Lyon, des bienfaiteurs desdits hospices, contient la mention suivante : « Matthieu de Vauzelles, par testament du 15 avril 1560, lègue 20 liv. de rente pour l'entretien de sa chapelle à l'Hôtel-Dieu. De son vivant, il avait donné, en 1534, 2600 liv. pour aider à la construction d'une maison, et, en 1549, il avait remis diverses rentes s'élevant à 360 livres. » (Note communiquée par M. Baudrier, président à la cour impériale de Lyon et administrateur des hospices, que nous ne saurions trop remercier de nous avoir ouvert sa riche bibliothèque et prêté le secours d'une érudition dont il fait l'emploi le plus noble et le plus libéral).

(51) Celui sans doute qui fut échevin de Lyon en 1512. On trouve un autre Pierre Fournier échevin en 1458, 1465 et 1472.

sont nommés dans son testament du 24 avril 1556 (52) :
1º Mathieu de Vauzelles, écuyer, seigneur du Jonchay,
tour à tour recteur de l'Hôtel-Dieu et de l'Aumône générale, dont la postérité subsiste encore (53) ; 2º Léonard
de Vauzelles, qui se fit prêtre.

(52) Cl. Le Laboureur, *Mazures royales de l'Isle-Barbe*, tom. II,
p. 637, et Pernetti, *Les Lyonnais dignes de mémoire*, à l'article *de
Vauzelles*.

(53) M. Valentin-Smith, ancien conseiller à la cour impériale de
Lyon, aujourd'hui conseiller honoraire à la cour impériale de Paris,
dans le curieux et intéressant travail qu'il a publié sous ce titre :
*Considérations sur la Dombes, à propos du Mémorial de Dombes de
M. d'Assier de Valenches* (Lyon, A. Vingtrinier, 1856, br. g. in-8°),
remarque que « des deux cent cinquante-huit familles composant
l'armorial de la Dombes, et qui presque toutes ne datent que des deux
derniers siècles, déjà deux cents au moins sont éteintes ; » et qu' « on
n'en compte plus que quatre existant aujourd'hui dont les aïeux
firent partie du parlement de Dombes au seizième siècle : Chabannes
de la Palice, 1523 ; de Vauzelles, 1535 ; Grolier, 1573 ; Cholier, 1598. »
Il ajoute que « sur ces quatre familles, deux seulement ont des descendants en ligne directe : de Vauzelles, représentée par M. de Vauzelles, premier président de la cour impériale d'Orléans ; et Cholier,
représentée par M. Cholier de Cibeins. »

www.ingramcontent.com/pod-product-compliance
Lightning Source LLC
LaVergne TN
LVHW012149170726

843503LV00009B/4062